U0460268

聆听暖魂

禄怀宇 著

陕西新华出版

太白文艺出版社·西安

图书在版编目（CIP）数据

聆听瑷碑 / 禄怀宇著. -- 西安：太白文艺出版社，
2025．2．-- ISBN 978-7-5513-2861-6

Ⅰ．I227

中国国家版本馆CIP数据核字第2024SM3706号

聆听瑷碑
LINGTING AIDAI

作　　者　禄怀宇
责任编辑　付　惠　王赵虎
封面设计　Ada　郑江迪
版式设计　建明文化
出版发行　太白文艺出版社
经　　销　新华书店
印　　刷　西安盛业印务有限公司
开　　本　880mm×1230mm 1/32
字　　数　60千字
印　　张　6.125
版　　次　2025年2月第1版
印　　次　2025年2月第1次印刷
书　　号　ISBN 978-7-5513-2861-6
定　　价　52.00元

如有印装质量问题，可寄出版社印制部调换
联系电话：029-81206800
出版社地址：西安市曲江新区登高路1388号（邮编：710061）
营销中心电话：029-87277748 029-87217872

目 录

夜月的葱茏

白昼和絮语

聆听瑷谜

绿叶

光芒以动人的力量，

以虚空的满足，

附着在绿叶之上，

看似消亡又获悉其远渡芬芳。

晨间酝酿出薰衣草，

甘愿被紫莹莹地环绕，

赠送出暧昧的枯枝，

匹配于那些悸动的香泥。

绿叶呀绿叶，

怎样叫天穹不将你推敲？

你把绿色的奥秘藏在哪里，

是树的根茎还是土的气息？

布谷鸟在啼鸣，

云雀在飞翔中歌唱，

它们或许忘记了你的踪迹，

可一定富足着你超脱的经历。

生机不会在你的叶脉，
如眼睛从未受镜子限定，
百舌难以令你动容，
好似玻璃不使沙砾透明。

草原向荒漠靠近，
孤零零的山丘有风呼吸，
它们与你皆为大地的子嗣，
却不曾有你热烈的俯视。

对于血管你很广阔，
相较心灵你变得渺小，
雨水的打击不令你屈服，
烈日的炙烤难叫你恍惚，
你更是拥抱了孤单，
不同那些斑斓的伙伴，
等候坠向破碎的清脆，
享受被蝴蝶承载的无奈。

知了

知了的知了，

文明的文明，

放下言谈的随意，

在天地间学习着呼吸。

了解了深深的愁思，

发出沉默的响声，

树才引蝉附着，

供其奏鸣"知了"的呐喊。

夏日十分卖力，

将疲惫传达得肆意，

低估了太多苦痛，

忽视那些自然默许的印记。

神把神的陋室糟蹋，

夜使月的光芒慈祥，

执着中不满于沉思，

清淡里盼望着混沌，

所以有言语疯子的疯子，

嘲弄傻瓜的傻瓜，

用五十步的谜语，

找寻一百步的谜底。

知了从不要鲜花，

待在隔世的梦榻，

可水珠需求嫩芽，

流淌错乱的狡黠。

叶子听流星，

树木闻朝雨，

想着鲜花娇艳的美丽，

躲避冬日期许的凋零。

芦苇中悄悄摆荡，

看风吹来多少模样，

有桃儿，杏儿和牡丹，

像是沙滩中结晶的荒诞。

知了曲调转了不知多少次，

处于异域的山川和海洋，

化石保存文字，

静静观赏上苍的焚烧，

知了，知了，

是虫豸讲出的人，

是人讲出的虫豸，

有那么多那么多的相识相知。

聆听硬翅

湛蓝的言语

波澜翻卷白沫，

令落日拥有赤羽，

遨游在多少即将入睡的地方，

大海正以蓝色汹涌，怜惜着日光的不羁。

光芒淹没于海面下，

仰望那海底的深渊，

轻诉着陆地的泉水，

回味无数海鸥的梦境。

浮薄的萤草，

也到碧空中找寻旖旎，

苛求的蒲公英，

只得飘零于浪的尾迹。

斑斓纷繁的船帆，

承载彩虹般绚烂的锦缎，

起伏在湛蓝的岛屿，

排列出在天空中行进的音符，

谱写气势恢宏的乐章，

它们志同道合，

来到苍穹的边界，

彼此庆贺终于得见

忽隐忽现的天堂。

映照出一切的美玉，

正同远畔融为一体，

还有许多凫水的海鸥，

不吝啬地唱起动听的歌谣。

这湛蓝似又一重天空，

欢颂凝视的空洞，

怀揣着光的鳞片，

起伏间闪烁不止的瞳孔。

浪花染上此色，

云霓染上此色，

还有多少恍惚的色泽，

需要有那瞳仁的形形色色。

雾消隐了，

身上有了蓝，

再不沉醉绿油油的田畴，

可以漾满沉溺的苍穹，

缱绻与其同来，

奔波显得自在，

言谈着丧失的热爱，

昏倦了多少飘散的璎璫。

成为夜

夜里有一个我，
可我没有影子。
当影子没有了我，
我便成了一片夜。

空中雾气密布，
荡漾星光的迷蒙，
在皎洁的路途中，
倾听溢美的音符。

聆
听
硬
键

我为夜而欢呼，
等待其悄然光顾，
影子将我庇护，
远离这片面的痛苦。

白日没有眼睛，
夜仅仅掠夺视觉，

而灵魂享受光阴，

沉溺过往的欢欣。

在篝火上有北极星，

这夜中也迎来晨曦，

夜晚与白日相互覆盖，

让这自古不变的轮回多了几分新鲜。

要成为夜，

做那夜中的一个影。

到了白天来临的时刻，

不会遗忘自己拥有的经历。

月亮没有光辉，

来掩盖它表面的斑驳，

比起那里的坑，

人更忘不掉眼中的洞。

夜为我而恸哭，

没有喋喋不休的倾诉，

它对着影子呢喃，

即将进行又一场空荡的奔赴。

在水波上安厝着，

夜也有了倒影，

影子也在寻找自己，

寻找自己看不见的影。

白天到来时，

水分快速地蒸发，

那是太阳去后，

夜在静静地守候。

聆听臻建

缱绻的风

掠过眉梢，

卷跑寂寞，

打量起粉嫩的天，

自在地静静萦绕。

风向着无光的一畔袭来，

带去我的面容，

销匿我的鲜红，

只留下荡漾在心灵中的歌颂。

或者是我，

或者是一只白鸽，

皆成留恋大地的水波，

为这风聚出一片湖泊，

它行色匆匆找着没名的爱，

不用急着去与来，

且享受我们所有的缱绻，

感慨我们的无奈。

我无法如风一般，

如风一般坚定地流浪，

不可似风一般，

似风一般拥有永恒的生命。

由是有了一个名字，

信仰风的种子，

从不去远方播撒，

只挂碍那阳光的印拓，

循此风儿的踪迹，

替存在找一片荆棘，

铭记的会是月光花，

祷告这浅浅无梦的水洼。

聆听暖速

繁花暮寻

永生的花

花想来是永远也不会死的，

我们在为它的存在搭上永生的桥，

于冬天准备好为它凋零的泪，

在春天又将这泪再变作笑容。

如此花又怎么会断了我们的念想，

花曾经可能是死的，

但当花的意识降临我们的眼与脑中，

它便鲜活地绽放了。

尽管美丽不一定与它挂钩，

但它代表美丽才成为我们所有的价值。

花会开在许多遥远的地方，

当我未见过海棠时，

它一定是死的，

只存在于不同人的遐想，

当我见过海棠时，

它便永生了，

直到我死去它才会死掉，

繁花寻叠

只因我一定会死亡才不得不这么说，

但请相信花是永生的，

因为你不一定是我。

聆听硬翅

觅蓝

天色渐渐进入蓝，
于远畔乃至近岸，
瞳仁和梦中之帆，
已都随涟漪晕染。

寻觅某一处波澜，
同五彩一并翻转，
时而从淤沙中升起期盼，
时而在海螺里回荡蔚蓝。

海中抱着迷路的马，
山前轻抚停靠的船，
云层浮薄，夜来姗姗，
鸟雀鸣声，遍浸深蓝。

跟从蓝的心，
将脚印混着无形的步履，

繁花寻著

倾听蓝的雨，

使身影摆脱黑色的泥泞。

我就这样告别光，

告别受时间贯穿的忧伤，

到蓝之外，抚慰蓝的慌张，

甘愿做个盲人在蓝色里荡漾。

太阳里藏着水珠，

月亮湾挂满小舟，

处于蓝与未蓝之间，

漫步那人世的荒丘。

生命向往这样的风，

让风带来活着的感受，

生活里便没了死亡，

而死亡也更没了活的念头。

蓝是个无所不知的孩子，

蓝是个遗忘四季的冬日，

很多草不愿这样蓝，

聆听硬睫

一起抬头，

望向同样失明的天空。

如此不够白，不够黑，

不够多样的颜色，

占据所有不是蓝的混浊，

象征那纯粹背后的交错。

找着它，

想找到它的寂寞，

看它是否同我一样执着，

都在清澈里，

用幻想的光泽自我迷惑。

繁花寻暮

青稞

祈福声中有了青，
天脚边沉稳安静，
它的嘹亮，它的光明，
不与雪原轻诉的钟铃。

高原中与草为伴，
承受云雨皆是远岸，
自己被色彩慌乱，
汪洋中仅支一支帆。

低洼里的花朵，
与我的生命，分别降落，
我们有相似的沉默，
寒冷冰冻，凝望中来允诺。

牦牛是信徒，
山川为圣者，

聆听藏地

共有一掬土，

避开我伫立的枯涸。

倾听冬季的经文，

吟诵驻足的泪痕，

或许我便是青稞，

以双手捧起天真。

风会从死亡的屋舍吹过，

吹过死亡遍布的角落，

花、叶、树便都哭着，

我却太欢乐，

太热爱这时间的宽阔，

从而做了青稞，只能是孤独的青稞。

繁花寻暮

回到种子

重新做一粒种子，

不忽然生芽，

不忽然开花，

放弃追随担忧的梦榻。

待在土下，

没有听觉的演化，

没有视觉的真假，

罔顾向上，不觅那盛夏。

忘记眼中的蓝，

天距我还十分遥远，

直到沐浴光时，

仍在美好中做种子。

蚯蚓载着我的眸，

探寻嫩绿溢出的呼吸，

聆听涩捷

保留大树之上的雨，

与我一起找寻秋意，

这样不必睡去，

是远离花瓣，

远离所有世间的荒诞。

美却来充斥，

放下等待含义的真挚，

受浪漫润湿，

汹涌中使我忘却妍媸。

恶徘徊找信徒，

善走访嗅茎根，

而我只在自己的世界里，

说不出那好坏之差。

像我一样的种子，

不懂流年不懂水，

染上胭脂，

变成自己该有的样子。

草莓是棚顶，

红黄蓝里交相映，

夜晚是故乡，

黑白灰中错落鸣，

行走的种子啊，

成了没有腿脚的云，

自己淋漓自己，

怀揣太多成长的心，

过于重又过于轻，

是一粒沙，静静沉在了大海里。

聆听硬建

寒 日

谎言使人们染上绿色，

跟从叶子的根，

于泥土和泥土里穿梭，

徘徊中装扮上了青的颜色。

风总是在拍打草，

迫使草去倾听风声，

直到风仍是风时，

不再对每棵有名字的草送去欢笑。

这些寒冷的日子，

人们相信日子将一直寒冷，

重新见到春天后，

都站在自己的墓碑前惊慌失措。

过于温暖的梦啊，

我向往寒冬。

过于冷冽的我啊，

梦向往暖春，

皆是些可怜的声，

像爆竹充斥烟火，

一天一天在找着时间，

血液内是冰冻的流年。

寒日为我引来一些火，

欲焚尽我的低落，

不经意连太阳也变得脆弱，

我立在那里，还是一个我。

说着人的语言，

苍穹，河水与黄莺，

记住人的语言，

日暮，沙漠和石英。

希望冷的那一畔，

鲜花懂得什么是枯，

迎合眼睛才卑劣，

飘雪不知什么是夜。

泡在人海里，

淹没心灵的沙堤，

咸还是甜的海呢，

盲人还是聋子呢，

大概是后羿吧，

忘了什么是射日的弓，

边跑边发现梦，

边走边抛弃疼，

时间是没有眼睛的，

一切变白后是实在的冷。

繁花寻暮

追随枯叶

起来时，

落下得更快，

落下后，

起来得太慢。

这样忘记腿，

忘记行走中的纯粹，

破烂中怀揣敬畏，

是一滴雨溺了水。

追着它的影，

追着它的残美，

活成旅途的丰碑，

有那比凋落更残忍的粉碎。

如此在风里又一次枯萎，

向下生长的树，

慢慢干涸的湖，

是蝉，

是绿色的帆，

头顶上暗自招展，

无视了恍惚的蝴蝶，

朝着星光幻想翩翩。

飘零吧，

不是风的子嗣，

从夕阳里告辞，

留下我的偏执。

青蛙盯到了我，

燕雀盯到了我，

摆脱踪迹，

在我的一旁成为蒸汽。

驻守流进宇宙的海，

难及你坚持的澎湃，

奔走扩散世间的难，

放过你幽幽的叹息。

怠慢那时间重新漫步，

顺着你继续试探，

看到的是枯叶，

看到的是新枝，

向火烧云来致辞，

而海棠不改痴痴，

令人偶然心驰，

便充足了许多绯红的溪汕。

背对日暮

向着朝阳学开花，
在春的背上踩踏，
奔跑，舞蹈，
在失聪中变成水洼。

影子抱着我的太阳，
光芒看着我的生长，
在一起，有一朵芳香，
在远方，有一半忧伤。

吃尽追寻者，
吞完追随者，
日暮实在太可怖，
使追都成了罪。

古怪，
又一种古怪，

好像正常的是

那伴随人身的病，

好像诧异的是

那远离人身的愿，

像一匹骆驼，

背着它咀嚼不动的金币。

聆听硬埭

我愿衰老，

可日暮没有白鬓，

我愿忘记，

可日暮没有画笔。

登上那不黑不白的山，

看见那不蓝不红的天，

只好鸟上放飞纸鸢，

俯身水中独自捞月。

没喉咙时，

说出干净的话，

有耳朵后，

听到明晰的琴音。

大海死在云朵脚边，

不盖白布只躺进沙滩。

吹笙的是日暮的鸥，

活在水珠的笼中。

难过成了辛苦的舟楫，

高歌变作沙漠的绿洲。

河中建房子，

河边割麦子，

让麦子在不黄的地方黄了。

这样多美呀，

至少日暮永远给人剩下一片海。

繁花寻暮

落日

太阳的光要盖住云朵，

所以白灿的云朵绽开红润笑脸，

但云还是让太阳仅剩余晖，

毕竟，哪里不渴望火热？

落日那样遥远，

不可以积累跬步而到达，

也无法用虚无来填满，

恐怕是我在观望被囚着的落日吧。

我是这样卑微，

没有灵光在我的周遭闪烁，

落日无眼却发出与我对视的渴求，

也许是落日在观望被囚着的我吧。

瞳孔闪耀光彩，

而瞭望，更是只存下了心的旷野，

因此呼吸与落日背道而驰，

大概，那是我和落日一起被囚着吧。

心脏跳动，为了夜的迷离，

脚步不停，追随欲的指引，

动听的乐音长久不逝，

笑着，是那灵魂在囚禁着意识吧。

不放松每一缕目光，

意味着阴影无处躲藏。

看遍繁花似锦的季节，

也要向错落的恐惧和机遇致敬。

没有一如既往的痴愚，

使得坚持与坚信都在这落日里消亡。

但愿啊，是这意识给灵魂做了厚重的牢笼。

抬起头，以冷漠的神色面对着天空，

希冀的是什么呢？

是囚徒没有门可以接触光的悲哀吧，

不然他们也可以变得"闪"亮，

繁花寻蕾

这真是从恳求里探寻到的生动呀。

无论叫夕阳还是落日，都要降下去了，
漆黑奔赴着月亮的晚宴，
烛影晃动，多么自由的囚徒啊。

聆听涛魂

莺歌

明日忘记青苔，

木屐踏来，木屐踏来，

今时思索稻麦，

桃花将败，桃花将败。

从透亮的天空啄食，

游船远观苦海，

吃尽初春的草，

立夏的花白。

北风比我向往南，

夜间呓语相交谈，

找不到找见了的事物，

听对古今的望盼成了未来。

所有的事太古怪，

静静迎彩帆，

每条船都作绿的藤蔓。

缠绕呼吸蓝色的水湾，

等雨之人打着伞，

怨雨之人不清淡。

已是过于冷，过于没有岸，

莺啊，唱起烂漫。

四叶草惶然，

凌霄花惶然，

咀嚼虚无的蓬莱，

正是红黄的锦缎。

允许镜子来审判，

判罚云朵之间的惨淡，

干涸的，卑劣的，

仰望啊，是太阳雨。

一棵大树环抱着，

既不"啊"也不"呀"，

树上爬满各种蝉，

不仅"啊"还要"呀"。

好澄澈的波纹。

这才是那只莺，

头上长出来草，

雪的丝，尘的纱，

都裹挟其飞翔的羽。

一切同样是过于白，

过于在遗忘中小心。

亲吻涟涟水花，

忆起神的梦榻，

起舞一次，奏乐一次。

秋日可以发芽，

暮冬刹那消逝，

莺去了哪里，

究竟是不是这光阴的歌曲？

繁花寻慕

泪水的旅人

倾听透明的美，
感受欣喜，
缓缓轻灵，
将要飞入梦境。

聪明的，
是又来奏曲的天空，
带来你，带来我，
使名字充满了寂寞。

衔着羽毛的鸽子，
孤独，又享受孤独。
冲刷眼睛的枯叶，
悲切，又告知悲切。

一样的故事里，
一样地种满了花，

忘记待放的花苞，

只纪念凋零的彩蝶。

没有脑袋的旅人，

只会回头的旅人，

呀，都是血，

呀，都是流淌的夜。

收获斑斓，

收获坠落的秋岚，

与孤单相伴，

让悲欢也忘了悲欢。

如此模样的水，

晕染逝去的声息，

泣涕而下的，

在喧嚣中继续盼望成雨。

你又在奔跑，

又在描绘广袤，

泥泞的路渐渐消散，

繁花寻暮

使梦中溢满遗忘的拥抱。

同你共成旅人，

没有棹橹，

没有小舟，

更没有一条河流。

顺着什么而下呢？

是你，

顺着什么而上呢？

是你。

好吧，你是一棵树，

这里是艳阳天，

是该挂念葱蓝的日子。

披羽

属于天空的生命，

身体轻盈，

披上羽衣，

用目光作白色的依靠。

飞过地面，

和地面一样飞着，

走进洞穴，

和洞穴一同走着。

风铃拥抱风铃，

灯芯燃烧灯芯，

恍惚听到远处的冰，

于一颗心又一颗心中变清。

自由和已经自由的自由，

声音伴早早动听的声音，

皆是露水，

皆是祷告，

被彩虹的第一束指引，

被彩虹的第七束悲悯。

让色彩有一个透明的幻想，

慰问那些被白天黑夜包裹的怅惘。

聆听瑷琏

迎接来到的花，

折断其上的叶，

要喝完叶的汁，

要尝尽花的蜜。

排列的絮，

散乱的雪，

冲入行人的脑袋，

铺平没走过的青苔。

望着自在旅行的丁香，

激起反抗命运的梦想。

麻雀哟，麻雀，

成群结队，

衔得一串摇摇晃晃的玫瑰。

倘若星辰会倒退，

会把时间去包围，

那就依偎夜的美，

依偎放下时间的美。

激起湖面，

激起镜面，

已是抛弃影子的我，

追赶满载月辉的翼，

仍旧紧抓影子的我，

更是不必再长久地呼吸。

繁花寻暮

石上舞

清泉染尽夏季的白雨，
绿林泡满初春的野风，
石头在其中成为自然的瞳，
破碎于天地，
作为鸣叫的灵。

上面是言语，
上面是飞絮，
坑坑洼洼，踉踉跄跄，
好像落下许多天使的面具。

在鱼身旁哭泣
望着帆船寂静的尾迹，
穿过阳光，
穿过古怪的彷徨，
看到大地为了土壤，
正观赏它那固执与坚强。

曾经这石，是冷的，

听着雪便暖和，

吃着井水里没有的水，

少一块"脸"便多一丝霏霏。

杨柳永远矗立不动，

可它狂奔啊，狂奔，

直到有了一颗心脏，

有了被血液凝固的心脏。

人们来此舞蹈，

在大海中跳，

在朝堂中跳，

伸手抓住彼此渴望的忧伤。

唱歌的流浪艺人，

抱住月亮的泪珠，

弹奏异乡人的发丝，

重重地呼吸自己的记忆。

百灵鸟踏着蜻蜓，

繁花寻暮

海棠花盖住茉莉，

打磨石头的每一寸肌肤，

是金乌，

啄食这里与生俱来的眼眸。

聆听硬涟

早晨有早晨的舞，

夜晚有夜晚的舞。

处在自我的"身体"上，

充当孤独的灰色雕塑。

浪涛拾起岸边的风，

珍藏于海底的幽谷，

传出一阵阵鼓声，

压迫一切继续去舞。

去懂得石头的酸甜辣苦，

倾听这其中神圣的沉默与顽固。

一朵丁香

嗅着遥远的香气，
归于这艳丽的一角，
不再渴求任何额外的生机，
可以闭了眼，屏住呼吸。

淡紫的光像幽暗中的晨星，
为这飘忽不定而啼声嘹亮，
讶然观赏这转瞬即逝的目光，
心中欢欣这突如其来的芬芳。

那是赐福，
那是雅致，
为冰凉的霜盖上了光芒，
也于枯叶之间初现蝉鸣，

亮呀，是泪水的呼号，
毕竟来自归宿之外，

理应于火热之中变得更加纯粹，

却总被刻意忽视，

丁香，你多像种香气，

不在空气充盈，

只于罅隙中弥留影迹，

像是别出心裁，为了白天而欢声笑语。

聆听暖建

蓊郁的枝叶

蓊郁的枝叶，

是最活泼的雨滴，

来自每一声期许，

从生命中的光耀里产生，

安抚了每一寸困苦。

蓊郁的枝叶，

是最温和的问候，

告别了耐心和精巧，

已经拥抱了柔情的双眸。

蓊郁的枝叶，

也是梦境的面目，

以似春风的妆容，

陶醉了早已干涩的喉咙。

蓊郁的枝叶，

繁花寻暮

更是夜间的一阵悲悯的风，

姗姗来迟于星辰的背后，

稀释苦难给人的辛酸。

这片明亮的地方，

那雪花都停止了融化，

等着太阳光临，

让寒冷终与温和相遇。

花朵难免表里不一，

总在盛开前假装谦逊，

掩饰其内心的高傲，

舍弃了纯粹的美好。

这嫩绿从不打扰，

孤守着脆弱的圣洁，

用缤纷的枯叶蝶，

才能发出最真诚的声音。

而蓊郁的枝叶，

聆听硬链

永无法以荣誉比拟，

早已超脱了卑微，

立在目之所及的尽头，

独享天地的赞美。

枇杷叶

开春以来落泪，
入冬以来落泪，
枇杷树上是许多雪，
枇杷树下是许多夜。

从不飞在天上，
羽毛，说着慌张，
听到风都不见了，
长成一整个枇杷。

与月，与喜鹊，
寂寥流过的知觉，
追赶不再奔跑的，
守候永远迁徙的。

蜜一样的树啊，
看过我的愉悦，

洞悉我的卑劣，

同我一起坐在云下。

看雨水走走停停，

绕太阳一圈，

又回到晴朗的日子，

向我们亲切地招手问候。

繁花寻慕

枇杷，枇杷，枇杷，

你是不是活了一天？

是不是活了一月？

但看去好像已经活了很多年。

绿叶，绿叶，绿叶，

你的样子似是而非，

藏着花蕾，

应当是一种白色吧。

声音都来自草，

来自瞳仁中的萦绕，

只有时间停留，

将声音全部环抱。

摘枇杷，
当红蜡，
怀念妍媸中的嘴巴，
铭记正反里的踩踏。
是一个自己，
有一片怪异，
在所有笑容后哭着，
在所有哭泣前笑着。
桥，木头桥，
砍倒枇杷树得来的桥，
阻止我去溺死，
只好在桥下踢踏蹦跳。

念梅

你踏着白雪，

于飘零中跑着，

经过我的叶片，

静止了冬日的执念。

落在地上静悄悄，

木轮碾过，

麋鹿踏过，

冰凉的凄清中粉嫩过。

梅啊，

彩虹的一片遗孤，

虚幻现实中奔波、恍惚，

去追求你，亲吻你，做你的乐土。

星辰寂寥地痛哭，

它是你天真的信徒，

我则只悠悠为你注目，

像白日中做祷告的雕塑。

不停地，不停地听，

不停地，不停地鸣，

使你有流淌爱意的肌肤，

可以作花园中会笑的白兔。

漫步你空荡的背后，

留恋你平静的回眸，

那些嫣红将我穿透，

充足空虚的琼楼。

池塘莲花，荷叶之下，

仅有清清水波推敲盛夏，

举起你的生活，

便像香水一般在空气里超脱。

弥散，流浪，

去往一个你回忆中的远方，

佩戴温和的四季海棠，

聆听硬键

沉浸渴望又渴望的忧伤。

有一天，

山丘会读懂这里的晕黄，

我将在陈迹中探寻露霜，

去赶上尚未融化的冰凉。

所以你要当一枝梅花，

当枝会枯花会败的梅花，

不要信任南方而来的春芽，

要独自绽放独自被阳光接纳。

阴雨的日子里就找秋风，

飘雪的日子里就找梧桐，

一定，一定让我无意间经过你，

正如你无意间经过我。

繁花寻暮

夜月的葱茏

冬天的孩子

雾蒙蒙中抬首，

他已追够了寒冷，

孤独中碰撞怒吼，

是冬天的梦，在冬天里拥有。

春季，夏季，秋季的戒律，

无法再让这颗心变得嶙峋，

雕花，雕朵须臾盛开的花，

让冬日的孩子找到来年的卧榻。

挣扎着醒来，

挣扎着屈服，

爆竹啊爆竹，

将这孩子的岁月都消除。

从不下雨，不生金菊，

甘甜，美貌，秩序，

夜月的葱茏

待在树木枯槁的崎岖，

等待来日的富裕。

孩子仍旧欢快地同飞鸟相聚，

闭着眼给予他们蒸腾的思绪，

愁苦的是赶路的尽头充斥无趣，

就拾起泥土扮演戏谑自己的舞剧。

踏青，远足，

有四季混杂的眼眸，

褶皱，佝偻，

去波澜破裂处享受。

他已然比孤独要孤独，比虚无要虚无，

其他的日子，仍旧将他驱逐，

传言他过于迂腐，

只会在童年梦中去蚍蜉撼树。

冬日的路途，

抱着孩子的灵魂欢呼，

愉快地将下一个遐想吟诵，

不得不把陈酿的天真都复苏。

光阴在谜语中摆渡，
用孩子的欢笑来填充。
歌颂吧，歌颂这里爱意的突兀，
呼喊吧，呼喊热烈的美的全部，
闪着光，闪着苍穹绚烂的锦簇，
瞧着风，瞧着雪原洁白的思慕。
曾经是一左一右、一前一后，
扮成收留我们灵魂徜徉的坟墓，
只有冬色，是义无反顾，
坦诚接纳失败的，另类的悲苦，
不论是一枝梅花，还是一丛青芜，
都轻抚这孩子落寞过的苍黄的厚土。

夜
月
的
葱
茏

天色翩翩

落日是一颗熟透了的橙子，
盖满刚刚初生的青柠，
背后呢，仅有柔软且深蓝色的绸缎，
让那些枕着天行走的人，再也没了孤单。

顺应着黄土裂开的痕迹，
等那里长芽，那里开花，
脸颊湿湿的时候，
就在害羞的红英上稍稍逗留。

空中漫延着白色的雾气，
宛如落下羽毛和柚子的皮。
生命，生命甜得让人患病，
举起时光在贫瘠的理智上飞行。

潦草的书信，
沾上云朵的来与去，

从远处靠近，

吸引人儿来获取，

最后却都赋予西山的罪行，

不再放开一枝丁香去散播花蜜，

隆冬之际，

应许白雪的只能是安静，

瞻仰天空中的空隙，

那里充盈人们的希望。

如果泪水已经疲惫，

已经对美只剩下无力，

那落日便仅仅拥抱眼睛，

到祭坛上明了下一个日期。

转动，转动，

欲望在恣意地怂恿，

让奋起的心只可听对自己的赞颂，

扒着窗户去看只有云朵的翻涌。

各种各样不变的毛絮，

夜月的葱茏

一个叠着一个，

一个踢掉一个，

降临那些掌控苍穹的秩序。

糊涂的衣装，

沉浸朦胧的芳香。

长出肉身的翅膀，

独自幻想，独自向往飞翔。

天色渐渐暗去，

渐渐将记忆映照得彷徨。

晴日时就仰望，

入夜时就舒畅，

驱散无穷的信仰，

坚守温柔与荣光，

去大海，去种下海棠，

像落日一样，惦念着熟透了的梦想。

聆听殇魂

梦中花

做这世上最固执的一朵花，

在陈旧的故事里长大，

当枯萎逼迫我去发芽，

就在被剖开的顽石肩上踩踏。

见到蟋蟀同嫩叶交谈梦话，

言说雨滴会从天空落下，

如此不知所以的惩罚，

令一个生，一个在死中被惊吓。

夜晚了解生活的时候，

花隐藏花的名字，

它们都知道有一种海鸥，

总在沙子的透亮里为巨浪鸣奏。

因而结伴同行，

去污浊的地方观察、明悟，

白的会更白，

黑的会更黑。

永远不必为了丧失而忧心，

等待一只蝶来怅然若失地铭记，

往后才迁就循环的更替，

去红，去紫，寂静得美丽。

找到爱人，

问遍追逐和被追逐的心，

答案总是出现在爱人的嘴边，

告诉我放下执着时才会有相遇。

摘下玫瑰的翅膀，

陈酿挣脱妩媚的香料，

悬挂一些藤蔓缠绕的花朵，

睡在河岸边上晕染银杏的纯粹。

或许是我的花吧，

比起漂亮更懂得豁达，

或许是晚阳的花吧，

在沐浴中安抚求知的挣扎。

紫罗兰，紫罗兰，

奔腾于大海的清淡之花，

伴随烟火的气息扑面而来，

要晕染眼中的雁渡寒潭。

幸好鸟儿飞去的远岸，

永远如丝绸一般，

漂到汩汩的清澜，

渴望的目中倒映着

这一段一段，

安厝花朵的水湾，

静静守候孕育月亮的林与湍，

听这里的溪流与天上的溪流，

让所有的事都曲折地在梦里流转。

夜月的葱茏

烟灰色

太阳破灭的地方，

人比时间还要安静，

一个踩着另一个的背，

手伸向那些掉落的星。

到装满金币的瓶里找水喝，

因为需求总比欲望要饥渴，

额头与手中只惦念了欢乐，

以汗液来腐蚀水的颜色。

脱下自己每一天的骨灰，

当作滋养命运的肥料，

夜空里被霓虹灯环绕，

享受着料峭的忐忑。

追逐雨天的四叶草，

用善意去所有心灵的门前清扫，

聆听硬陡

承受头顶无名的呼啸，

困惑鸟儿为何放弃蓝天，

鸣叫时就去鸣叫，

一旦思绪向生命索要，

就去薰衣草的屋子为了遗忘而欢笑。

本以为那所有袭来的枯叶，

都会簇拥迎春花的笑颜，

在降落的灰色里面，

磨灭被生活扰乱的心茧。

在无垠的草原上漫步，

只知道有时下雨，有时下雪，

不懂何谓悲喜交加，何谓感同身受，

所以追随一群羊，一起啃食黄昏的牧草。

眼睛就是灰色的烟雾，

它并不像烟囱使人愁苦，

往来消散的地方不断欢呼，

夜月的葱花

让真实的大山将渴望压住。

变得比狼要幸福，
变得比狗要幸福。
低微里踟蹰，
高远中倾诉，
黑色的天空总有光亮的幕布，
绿色的大地怀揣杂乱的泥土。
心灵排斥着虚无，
歌声排斥着凄楚，
絮语之外找归属朦胧的衣服，
如此做投石问路的旧日鹁鸪。

聆听硬碟

如果云知道

如果云知道生命，

它会说：

生命短促却也辉煌。

悲哀却长存希望，

热爱也傍着激昂，

跌宕坎坷仍宽广，

只是它的到来不由我抉择，

因为它并不属于我。

云明白光亮的火，

如同眼中微弱的灯火，

摇曳无知的……

却仍走着……

如果云知道文字，

它会说：

文字我看不清晰，

像是种朦胧的声音，

不可以去仔细了解，

如同我们在一半虚假的现实中交谈，

也偶尔会发觉那旧日里愚蠢的骨感。

云知道这是虚幻，

却无法摆脱留恋，

它沉睡着直到每天终结，

待光射入，

它便又醒来迷茫，无措，平淡，沉默。

如果云知道笑容，

它会说：

这是种体悟美的狂热，

在不小心的暖意里生出，

又从恰到好处的眼里逝去。

似光在白天跳一支看不见的舞，

也依然带着影子在跃动。

光知道纯粹的夕阳，

隐喻着晨曦，

在软绵绵的柳絮里渺茫，

在雾凇的寒气上若隐若现，

在河水旁嬉闹，

琐碎着。

云要到另一座山头去了，

它收拾着行李，

向前对我说：

你看，我当初也是这样来的。

夜月的葱花

祈祷

夜深了，

为了下一个日子，

祈祷着。

月光永远别遮住了星星，

尘土也请别沉入大地，

希望萤火虫可以永生，

智慧的也可以同愚昧的一起告别卑微。

洞察的眼，

吮吸的嘴，

辨别的耳，

和无穷的发丝，

希望它们都可以悄然化作虚无。

祈祷等待不再孤单，

而孤单也可伙同更多的孤单，

一起立在暗的地方，
奢求被别人忘掉的美满。

祈祷明亮在盲人的眸中，
让他们见到世间的艳丽，
再回归初衷，
返还无穷的神圣。

祈祷乞丐的眼变得冷漠，
脊梁变得直挺，
告别低下的地位，
获得为他而生的深邃。

祈祷可以有人而非神听到，
听到这一声声虔诚的呢喃，
不时迎合着极光，
传达牵强的璀璨，
为了每一份恶而哀号，
不是羞愧，而是渴望，
抬着头蔑视，
祈祷同样的依偎。

夜月的葱花

理想

聆听硬雄

理想用光包裹住了人们的渴望，

在距离上靠近道德，

于灵魂上却更体贴感情。

梦啊，存留于这光上，

在虚幻中占下位置。

用脚步覆盖上真实，

成果与方向也更珍贵了。

所以呓语可以被奉为箴言，

道谢则为礼仪创造出条件，

狂热与少部分的阴暗都成了可以接纳的，

轻松的风却吹响了枯叶，

让终点来终止虚无。

所以终究是意识占领了高地，

但忧伤不得，

因为仅仅短暂体验美满也有价值。

于是渺小可以自诩为伟大，

精神也可由此长存，

后人便更加坚信，

唯有梦与理想自古不变。

余光的融化

喜爱白天

这里有明月，
有人们去不到的明月，
遮挡住树叶，
在黑暗中不可或缺。

不可以愚笨的方式寻求美好，
虽会得到自信的骄傲，
但风的来无处知晓，
只能去渴望大地蜿蜒地奔逃。

星星没有银河的荒漠，
残烛拥抱寒风，
追逐雪花而淡化冬天，
彩蝶融入落雁。

孤独处处包围着兰草，
难以明了咎由自取的吵闹，

余尤的融化

生长出清澈，

引导路途变得飘忽，

痛心疾首中沉迷了飞舞，

靠近霄晖时才承受懊恼。

猫穿梭于遐想，

让宠物遇见自然的"光顾"，

黑暗终是把本身摧毁，

编造诞生的欣喜。

摘得山巅的花瓣，

山腰的花蕊，

山脚的花骨朵，

让攀登的途中充满希望。

这些喜爱的理由，

使白天缩短为一半，

留下了鄙陋，

拯救苦难。

用心吞噬着眼，

以耳淹没了风，

白天拥有那些单一的念头，

守护我们全部执着的路途，

从脚印中发声，

关心泥土的沉默，

静寂却丧失掉悲痛，

就如恢宏而遮盖住的葱茏。

余尤的融化

松树下

石头很光亮，

它早已摆脱了尘土，

冰霜很坚硬，

它渐渐怠慢了流动。

麻雀从不来此做窠，

狐狸也更不到此蜷缩，

公正与真理早早消散，

松树只是以影填满了晖色。

山巅之上向往着跌落，

发芽之时翘首着花开，

叶片生来就作了针，

缝出一片时间褪下的荒原。

它漠视了生长，

在生死之中学会了沉默，

见过玫瑰的嘶吼，

见过兰草的空洞，

因而听人讲那些"坚强"，

却从不忧心忡忡地回响。

蕴含苦难的土地，

淹没卑微的海洋，

在它的眸中更善于生长，

以多于绿色的迅猛正汹涌难挡。

老鹰在这里盘旋惆怅，

驯鹿到这里俯首迷茫，

证明它已来到灵魂的故土，

放弃了循序渐进地生长。

或许山崩地裂令它死亡，

总是抱怨幽静地游荡。

不能说夕阳拥有名望，

不能说松树总在远航。

独木桥上劈断桥梁，

岔路口前笛声悠扬，

余光的融化

我做不成松树，

却总从它的隐蔽处，

偷到些我喜爱的清凉。

聆听硬键

孤独

人潮里的寂静，

汹涌着无声，

自己沉默，

却创造热烈的响动。

风吹来叶子的绿色，

却要使草也为之感叹，

孤独从不贯彻始终，

只有远离尘世会使其清楚。

立起一把伞在夜中，

遮住自己将在黎明中现身的影子。

四下静悄悄，

好像痛苦早已消失。

待那光明到来，

撕扯开大片大片的黑暗，

余光的融化

每个人的影子都回到了脚边，

却又不得不向那太阳微笑。

伞被雨滴着，

这样才不再属于影子，

归于那天的湛蓝之中，

使孤零零都心甘情愿躲起来。

悲凉像月色一般，

光依旧是来自太阳，

却把影子保护，

好使月亮自己也可以躲进来。

聆听涛声

他人语

有人来了。

轻微打破这枯槁的糜烂，

迎接这充满破碎的纹路。

听那荒诞混乱脚步，

好似阴影中的朝夕。

有人说话，

把碧绿叫作嫩黄，

称平凡为应当，

又以红蓝交融背离天的哀伤，

如同坠下的星光，

不愿接受风的鼓掌。

有人哭泣，

那样响动着开始，

那样震撼于时期，

平凡了所有哀号的记忆，

余尤的融化

淹没中尘封，

显现却又突然暗自怅寥。

让挂念来讲，

让他们语，

让明亮刺穿胸膛，

让混沌彻底下去，

让这些都并列首要。

有风吹，有雨落地，

听啊，听吧，

死早逼近芳香，

生早拥有短促，

最终无力地瞑目。

淡淡的，涩苦着，

好像沙砾的干渴，

也如尘土的枯涸，

唉，听听呀，

有多少人站着似坐下了，

这份清楚的悲恸，

怎么会这样不易懂，

这样不易懂……

余尤的融化

若是轻诉

阳光许久不落地，
枝杈掩蔽露滴，
风声谈论着忘记，
担忧是否真有记忆。

若是轻诉寒气的来临，
卧守枯死的蜡烛，
那烟波浩渺处的尽头，
怎不见得来于此处？

若是蝉鸣白日的悲寂，
有何人肯倾听？
到何方去蹑手探寻？
也不过是逢于此处。

像抓住微小中的难得，
音容美好，妙趣横生，

聆听暖捷

也不抵忠告里失去汲汲，
愿求远去忘却笑意。

轻诉着这匿藏的颤音，
泪珠中的精巧的模样，
奈何是红艳将息，
悯留的颜色也消失尽。

抬头望向看不见的地方，
均是在反射自己的角落，
扶桑花抑或是眼中的朱槿，
都一样在为雪色而照映。

丝线长长绵延，
睫毛根根斑白，
可以不必忧心会塌的星芒，
也愿意向圆圈中神往。

至于夕阳的美，
在余下的波浪里变蓝了，

余尤的融化

吞没着同样的干渴，

恰似今夜里黑得窘迫。

聆听硬碟

晕染开的大地

黄色的海浪透着灿烂的金光，

从一而终，绝不多添分毫，

非是污水阴云相袭扰，

仅为追求悲欢而非哭号。

余光的融化

这土地里没藏下血脉，

也没诞生出磊落，

只是静静等着潮汐来过，

却不巧有夕阳与影子争夺，

才拥抱着缺憾归于平静，

毕竟高深莫测来自虚无的魂魄。

由是鲜红的血液，黑色的毛发，

甚至是湛蓝的瞳仁啊，

均到此处摔得破碎，

探求那可以消隐的"欢乐"。

大地呀，为何不出声？

为何要忍受子民们的妄想？

可见终是鱼游到山泉，

草长进缝隙，

海也不吝啬地归于深渊。

天际空阔里飞翔，

渺远磅礴中奔腾，

皆是"微弱"的后人，

但抱喜好改变恬淡，

不替忧心找个委婉，

打造出告别这土地的悲哀。

因而风铃响个不停，

欢声笑语躲入窠巢之间，

气息不担心泡沫消逝，

初曦也终于留在归去的孤啼。

消逝的初晓

光辉在黎明里，

在早已逝去的死者目中，

那辽远的从未存在，

这近在咫尺的也消失殆尽。

余尤的融化

晓光从鸣叫里来临，

像精巧的藤蔓，

像高傲远去的杜鹃，

只是抱着凄惨彰显平淡。

清凉，清凉，

雾汐静静绽放，

使眼泪都心旷神怡，

伴随夜莺的细语，

拥有融化的叹息。

在森林中行走，绿意转瞬即逝，

脚步缓慢如褴褛的迷离，

还在怀念，还在咀嚼那不远的梦境。

灰色的花瓣没入尘泥，

四散的炊烟难留踪迹，

全作云朵与浪涛的嫁衣，

也把梧桐打扮得奢靡。

聆听碰撞

没有彩虹光顾，

寂寥安心，疲惫空洞，

好似荡来荡去的秋风，

即使拥着最美的景色，依然孤独。

但求，起伏，

琳琅被悲声掩盖，

叮咛着丧气的眸，

同翱翔敬佩天穹，

窥须臾挣扎朦胧，

立在海多么多么近的尽头，

躬下身来慢慢俯首，

不久将要透明，

闪避自瞬息而来的繁星。

槐树下的日子

泪如雨

朦胧里觅着你的影，

愿交错的我们共见这昳丽，

心终于安静了，

安静到，

可见那草长在白鸽上的模样。

接受，接受雨滴，

担忧消去淋漓，

为何梦不在眸里，

如此淡泊着执念的苦心。

走向不愿面对的那畔，

月影不落帆的孤单，

等待来临又无形的港湾，

找到的也许尽在虚无之中。

你也若那亲切的雨滴，

不为琳琅，而为笑颜，

斟酌着夕阳的寂寞，

怀念真挚的清澈。

走向，

走向又一个你的模样，

求着拥抱暖意的风，

平凡的眼中满是悲苦，

寥寥又姗姗，

为此奔跑，相告璀璨。

即使污泥满身，

雨仍是义无反顾来问候，

想念你如彩虹般柔软的脸庞，

便是又一位风尘仆仆的旅人了。

聆听暖魂

天狗

流星一瞬息便远去，
太阳围绕着月亮，
地球以及充斥其中的幻想，
仅有天狗盯着一切怒吼。

天狗明白混沌的始末，
便将自己点缀其间，
迷乱所有仰视的笑容，
把善恶交托给时间。
人会找错对，
生命更愿明晰喜悲，
正反本就来源于同处。

天狗呀，天狗，
黑暗偶生的英雄，
吃掉月亮吧。
或许太阳更合胃口？

槐树下的日子

但一定，一定要奔赴，

揭下所有无意义的意识与歌颂。

这只天狗生来便要孤独，

沉着再沉郁直至伤心失意，

如此摒弃无足轻重的所有，

仅留孤注一掷的内在。

色彩单调，挂成安厝的琳琅，

言语没有本质，

虽音律丰富，但难存自我，

所以天狗匆匆又寂寥着，

只给有心之辈以落寞，

或许天狗死了，

成为生的另一种模样，

痴痴地妄想得到正在消隐的纯粹。

广阔呐，浩渺呐，

乱坟岗中虚无的蛆虫，

却仍覆盖在阳光之下，

聆
听
硬
捷

没有挣脱的速度，

同蜗牛般等待，

一切都正在发生着，又好像不曾发生。

姗姗来迟吧，天狗，

让月亮透明得慢些，让瞳孔空洞得快些。

槐树下的日子

外面的消失

夕阳已经斑白，
草没有枯，
树没有矮，
只朝远方低低拜了拜。

遥远的叹息，
从落日那儿袭来，
像想快速逃跑的雾霭，
却又不得不于空气里蹒跚。

担心尘埃，
是否已融化于颓败？
倾倒的开怀，
也难懂淤泥的自由自在，
消失吗，没有风的光？
还是没有光的风？
定然默许言谈聊赖，
聊起的便会成为云彩。

聆听
瑗婕

外面很神奇，

似阴雨另辟蹊径，

渡河而去，清风徐来，

存在又恍惚如虚影在悲哀。

幻觉美好起来了，

触碰那絮状的发尖，

把黑还原成白，

又以灿烂遮住荒诞。

乱语曼妙的声音，

乞求萎靡的保全。

终有失踪，

但享受更加长久。

熄灭的不再仅是虫，

在所有钟声嘹亮的地方，

可能有人刚刚醒。

也罢，

醒来看世界因我们的沉醉而沉迷。

海螺

收纳涛声的畅想，
回旋，回旋直到没入沙滩，
频繁鼓动海鸥反抗，
那是隐匿在隙间思绪。

这海螺是忧郁的，
存有不为人知的鲜活，
人们只看到它的脆弱，
当遇见失落，
它便将海底的奥秘告诉天，
用天的厚重包裹淡漠。

海则涛声阵阵，
叫海中的一切变作无形，
又要让这无形屈服，
又要让这无形欢呼。

聆听涟漪

波浪之上翻飞着海鸥，

低声把哀悼淹没，

终了时分才覆盖以沙滩的白布，

平添一种得意的问候。

海螺只是记录着这片刻，

收纳所有喧嚣和躁动的嘲弄。

圆圈中大小错落，

错落着它的天真和大度，

向未来细微申诉，

旌旗旁小船缓缓摆渡。

抉择着归属让蓝色恍惚，

苍穹以退避来感动，

淤沙不苟同于蜉蝣，

引导它们唱响作态的匆匆。

起航的一群返乡客，

孜孜不倦教海浪花飞舞，

奔逃，不受它们关注，

槐树下的日子

但不可悲的是溺死的相守，

幽魂呢？

同样似大海受人关注，

尊重不会有聪慧的双副面孔，

可卑微却这样闪烁。

海螺啊海螺，哭不出声，

守望着潮汐之外的皎洁，

月光彷徨，

最后一丝涓涓细流，

将海螺的泪水收走。

聆听硬键

惊弓之鸟

破败把荒唐打量，

挣扎在襁褓中啼哭，

可贵的恍惚弥漫了惶恐，

却振翅昂扬更甚于光。

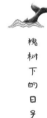

乒乒乓乓扮作那乖张，

熙熙攘攘瞠目结舌一样，

弹奏悲惨生命的乐章，

片刻中把怀念交付。

弓的苦心鸟不会明了，

鸟的奔逃弓也没知晓，

所以生来于箭之间往返，

成为某种明晰的象征。

观察并诠释，高远在混浊，

污秽不被风所围，

忧心难教梦依偎，

槐树下的日子

才这样远远地对视，

如雨滴未含有白云的泪。

鸟飞向苍穹的卧榻，

以克制下坠的想法，

生活早于此中消退，

可弓拉紧后仍有响动。

富饶把坚持体悟，

料峭却克扣享受，

雨后天落幕，

鸟踪迹不见，弓身影早无。

在幻想里替神行使权力，

于警醒中把死水的腥臭接受，

究竟是谁在琢磨？

去逃，去响，去构建，

去做聊赖的子嗣。

风吹草沙沙作响，

燕歌柳翩翩为舞，

独留惋惜于虚空。

"孰轻孰重"的玩笑，

正从容，

担忧肉身的灵魂，

放弃肉身的灵魂，

终不知是鸟，是弓，

可醒来时，却总似惊鸿。

槐
树
下
的
日
子

致故人

那畔有我的念想吧，

这头正怀揣美梦，

那畔别了时没有哭声吧，

这头正哀悼不停。

帆要载你去哪里呢？

真理定会与你相拥，

毕竟要满足牵挂之人的盼望，

雨还会照料你吗？

我的眸还难及千里之处，

但希望祷告总会将你我共映。

思念什么呢？

是你还是无数的云朵呢？

可叹的是与你对视过，

可爱的是从穿透后拥抱，

但仅剩你的影子围绕，

聆听硬翅

用最后的温柔打探我的梦乡。

秋菊盛开的日子，

树下的阴凉刚刚好，

跪下来刨开土壤，

挖出你残破的身躯，

眼巴巴地，不停哭泣，

看你未被灵魂淬炼而显得白皙。

你在彩虹后面，

在青色的湖水中间，

薄荷使高远贴近，

海棠则将相拥诠释，

你定不会是昙花，

因为我会延长黑夜，

把刹那变为永恒。

风筝于你来讲太低了，

云雀的嘹亮才可使你回眸，

闪烁憔悴之后，

光耀理想之苦，

时间苛求中蜿蜒了琥珀，

白马飞腾里觉察那空阔。

故人对你来说太轻微，

涓涓细流难使海洋颤抖，

水滴石穿仅能孤芳自赏，

你悠久于多少人的心呢？

我躲在阴影中候着，

终于过往并不全是惨淡的。

雪来临时你沉睡了，

沉睡到我冰冷之后，

时间成了称职的信使，

流逝不能再将我们改变。

我仍望可同梦神交往，

做你梦中的一颗星，

照着你短暂的笑颜，

你早成了，

我白天里的全部光明。

聆听暖睫

天宫的云

庙宇还是琼楼，

天阁亦为华殿，

都遥远遥远，

仅有云朵以面容相送。

路总会诞生游子，

悲客同其一并漫步，

归或不归，

念或不念，

难有个尽头，

幸好云还在前方恭候。

望空中，云打理出绚烂，

同其寻找彼此的眸，

飞奔又欢呼，

执此透明的赞歌，

与其赏着，

与其沉默着，

不如将言语塞进风里，

将痛楚留在梦里。

微醉于夕阳的友好，

映红从未红过的，

寂寞仅有盯瞧的，

不知丝尽之蚕可有泪珠？

云塑造出远眺，

塑造出云自己的远眺，

把怀念姑息，

也宽恕孤雁的罪过，

路就这样没有了，

见不到时，存在就会虚弱。

善来此告知云，

告知恶的秘密，

保证云会消失又出现，

人想去苍穹，

没有流星，

没有皓月当空，

狡黠饿着它的骨肉，

蒸腾中才巧夺天工。

彩虹是又一朵云，

是光的窠巢，

是可拜访的窠巢，

是不以硕果喜悦的窠巢。

海上有云，

河流上有云，

汇聚为笑话，

荣归为使者，

太沉重了吧，

雨和哭结出同一种声。

落魄像风筝，

随风起又随风止，

总魂不守舍，

云割下一些血，

割下一些喜和乐，

夜的大门敞开，

天宫浮现，

云走了，在血凝固后才会再来。

聆听暖逮

纯粹的雾

雾从忧郁和欢喜的边际中而来，

把整个城市都笼罩得全面，

使得眼睛都沾染上了这纯洁，

在茫茫的大雾中闪烁光亮，

雾也总是把诚实的灯变得灰蒙，

看着濒临远去的一切，

不发出声音，它静静地，静静地。

倘若没有天堂与阳光，

它一定会成为人唯一的向往，

像是一种极致的美好，

使得所有的过失与缺憾都会顺应着和谐，

也像是思念往日朝晖中的人儿，

需要立在暮色的尽头一样，

雾气是不会消散的，

它从遥远的地方来，

注定是要为了永生的，

因为今夜没有云的叨扰，

槐
树
下
的
日
子

也更加没有风声，

甚至光都只是保留了悸动，

所以才使寂静化为了同样无声的神圣。

聆听硬缒

当你来敲门

当你来敲门，

那声声脆响荡击着灵魂，

惊奇又充斥了热泪，

我将陶醉于此，终生不悔。

当你来敲门，

我或许会去开门，或许会呆滞不动，

命运总拉着意识替我作决定，

但别担心，

我的心跳来源于你的问候。

当你来敲门，

是准许打开我故步自封的锁链的信号，

缩小我心中的深渊，

更将天使的幸运降临到了我的眼。

当你来敲门，

我的日子平添了寂静的温和，

不再立于世界的一角，

拥有了长久存在的理由，

可以飞翔，可以观望，

受到云朵乃至一切的关照，

是你吧？送走风声，

恭候着，这呼吸过的热爱的时光。

打开了回忆的窗，

放进新鲜的光芒，

真是难以遗忘，

就像是头发掉了落，落了长。

这才是梦，

感激它不断创造着灵魂，

用虚无里来此的怅惘，

竟可以欢心，

以充盈的可惜保存了爱意。

我一定会开门，一定会开门，

那雪白的双翼，抚慰着灵魂，

所以才希冀可以到天边，

不畏惧失落，更窥视着乐观的生活。

难以再说，难以再说，

可悲地呜咽。

耳已聋，目早盲，

快要远去，去那悠久的地方。

就让我来抱抱你吧，

可我该怎样抱你呢？

大概是舒展双臂，

那般自由，

迎接着风声中的笑容。

槐树下的日子

白昼

和絮语

丁香语

夜来丁香，夜来丁香，
多年心中愁此香，
来而不往，来而不往，
驻足道中常向往。

藤中罗列，叶间叠叠，
曾念忧思独羞怯，
墙下绽放，木上清洁，
久已垂怜难追蹑。

语丁香，语丁香，
循其紫影去梦中妄想，
颂丁香，颂丁香，
嗅其馥郁到远方传扬。

颜色和紫赤不同，
样貌与葱兰相背，

白昼和絮语

137

是影中的淡光，光中的淡影，

是水中的秋月，月中的秋水。

总爱纯粹地表露，

明亮地出现，

映衬我的命运是如此真实，

如此扑朔迷离又彷徨且诚挚。

笃定这是没有疲惫的知己，

坚信这是没有猜忌的知己，

携带了一串荒唐的谜语，

盼望在自己身上找呼应的谜底。

采着蜜，

采着眼睛流出的蜜，

装扮上葡萄的惋惜，

将酸而不甜诠释得容易。

沿着嫩绿的指引，

时而失色，时而鲜活，

不是那毅然决然的狐狸，

无法摆脱心绪而扭头离去。

土是冰冷的土，

风是冷冽的风，

拉住我的腿脚，

斥责我的索要，

仅余留不归属肉体的一切，

继续代替我的希冀去向它奔跑，

唯一的目的就是对温柔求知。

忍受那些让生命沉默的故事，

要保存善与恶的羞耻，

要怀揣错和对的呆滞，

就慢慢学会了一朵丁香的语言，

渐渐明白了丁香绽放的悲切。

白昼和絮语

我看见太阳落了

我看见太阳落了，
落在一只蚯蚓的背上，
它把蚯蚓压得曲折，
以为蚯蚓会渐渐温热。

我看见太阳落了，
落在吐着芯子的蛇身上，
它慢慢将蛇抚摸，
幻想蛇的身躯没有浑浊。

我看见太阳落了，
落得时快时慢，
余晖在我的小路上肆意铺盖，
我们与月亮言谈不断。

哦，它落下了，
留给，留给我了什么？

再造大地发抖的明天，

横贯湖泊逶迤的明天，

星星闲聊说那是变迁，

流星雨高呼那是时间，

就吟诵得决绝，

以一首足以推倒落日的诗篇。

我看见太阳落了，

放下星星与月亮的桂冠，

我看见太阳落了，

丢弃夜晚和暮云的绸缎。

太阳会看见我吗，

太阳会看见我吗？

我向它的归宿呼号，

渐渐忘记善良对我的教导。

它已成天空里的黑墨，

微小如战栗着的尺蠖，

向往白昼的自由，

可以俯视纷繁的抑扬顿挫。

糜烂的神经它喜欢诉说，
以沃野为中心，
塑造大地上神灵的身躯，
以脚印为踪迹，
摆弄田垄上汗水的希冀，
之后引诱我的眼睛，
去寻觅毕方盘旋的倒影，
如此虹霓，如此红印，
令山泉，山石，山中狐狸，
均享受这须臾内命运的和谐。

青藤

总是要上山，
要抚摸云上的清潭，
掠过月亮盘桓的流湍，
呆坐在萱草丛生的崖畔。

彩虹的对岸，
雾霭在弥漫，
纷繁了湖光紧贴的柳枝，
依偎着天色浸染的鸬鹚。

夜里常有萧条的鸣声，
空中不见白日的霞影，
连缀成赠给游人们的画卷，
指引着那万花丛中的缱绻。

敲打峭壁，
敲打磐石，

触碰这些坚硬的纹路，

找到许多自己的归宿，

闲暇的梦在尽力倾诉，

期盼攀缘这巨树到达殊途，

是土中污秽的歌喉，

没有揉碎香泥的悲愁。

聆听硬礁

昨日已消逝了，

从古老的浪花里藏匿了，

炎热的雨，炎热的骤雨，

浇灌在土地上成一片碧绿。

生命跃动着，

不动声色地等待着，

直到天笑出了它们的笑声，

直到海咏颂了它们的清澄。

垂挂来许多藤蔓，

牵引顶峰没有的恬淡，

心灵因此青而青，

步履诚然为此静而静。

开花吧开花，

这是一座绿色的山峰，

落叶吧落叶，

这是一处人世的恍惚，

那忸怩不安的风，

那聒噪不停的雷，

将要泼洒潮湿的言语，

将要带来空洞的谜题，

顺应的只有这一根青藤，

分散高雅和艳丽的明灯，

融入飘烟与雾气，

放声赞美那使我的一切破碎的夕雨。

游荡

天街有灯笼映红的马，

河桥有竹筏染绿的景，

在其中只如夏日蝉，冬日梅，

一路着迷于树中露水，风中滋味。

向夜猫借宿，

于城市昏暗的烟囱，

期待如青芜为黎明去歌颂，

俯视这些水波幻想的逐浪排空。

蚂蚁丈量着尘土的岁月，

以为蚁丘是超脱了生命的琼楼，

蜜蜂绘画那香甜的面容，

认为蜂巢是装点过灵魂的朱红。

是世上的叶，

是世上的雪，

亲近太阳的明灭，

驱动兴奋活泼的肉眼，

看到人卷跑了炊烟，

紧跟着眷恋。

似风在冷落水的命中所愿，

似水在逃避风的头晕目眩。

高贵的锦衣汇作琉璃，

典雅的华服连成画卷，

带来晴空没有的秀艳，

降临城市质朴的地面。

蹲坐在枝头，

看到人流冲击得汹涌，

静默在角落，

看到人流倒退得轻松。

坐上通往黄昏的马车，

瞭望下一个明日的艰涩，

迎合流浪汉们的笙歌，

白昼和絮语

信奉牛羊的宗教的澄澈。

用语言游荡，

用一顶帽子游荡。

在巨大的生活的帷幕里，

在充足的思绪的屏障下，

从聪慧里拽住愚蠢的尾巴，

从善良中发掘恶念的卧榻。

薄雾中伸手摇动，

祈求如松针翠绿地凋谢，

蒸汽里耐心拜谒，

渴望如焦炭热烈地破灭。

飘浮的总是微弱的事物，

丰富着时间没有的真理与甘露。

聆听硬碟

铁轨

我是那铁轨上的螺丝，

人世是一列火车，

它轰隆隆地开来，

轰隆隆地开去，

没有在我的身上留下任何痕迹。

同其余的螺丝一起，

终究会生锈，

始终会等待自由，

淋着岁月的雨水，

淋着那些探讨爱的雨水。

我也会被震动，

会从铁轨上松动，

常怂恿我的细胞

我的美好，

一起从这里分散而逃。

命运的蒸汽，

坚持残忍地蒸发我的腿脚，

让幻想浮于天空，

活在喉咙，

丢掉坠落与巨响的冲动。

聆听硬壁

灰尘，大地和泥土，

劝说我去将这些信服，

要忘了火车，

要忘记这长长的铁路，

只将大脑作为螺丝的归属。

它们将我的半信半疑，

称作是可悲的龌龊，

将我对自我的追寻

称作是渺小无力的欺诈，

直到火车把它们一瞬间都卷走不见。

等草比我更高了，

路比我更平坦了，

我就不再盯着火车，

而是彻底脱落，卷入车轮，

不知那里还有什么乘客，

只道是上了车正一路远去。

白昼和絮语

无叶的花

破晓温暖着游人，

捡起滴落的松香，

抬眼观望，

只剩下白鹭，

以及那被白鹭摆渡的云霞。

从蝉鸣里生长，

想着一些音律需求的松香，

泥土一样享受过阳光，

被全世界的旅行者造访，

如此安心地在晨间放声歌唱。

保持与树相同的节奏，

急着成长的沧桑，

沧桑地成长，

以为坠落就是果实的模样，

忽略了光使人的疲惫荡漾。

记忆却总是清香，

是孕育跌宕的温床，

散播杂糅了归属的慌张，

携带一封封情书去往心脏，

前行覆盖在华宇的表面，

牵引住我所有的胆怯，

就这样俘获得决绝，

遗忘美好的血液。

碧波流淌在开花时节，

等待生命创造又破灭，

如同喜爱凋谢的慰藉，

静静守候纷繁的告别。

现在我没有衣服，

曾经我是穿衣服的，

现在我没有头发，

曾经我是长头发的。

从一切的一切里穿过，

白昼和絮语

依稀怀念光阴在我门前的剥啄，

那里苦涩，那里鲜活，

比起生命的宽阔更令我惆怅沉默。

脑袋里的往事，

终于化为了晶莹的琥珀，

正喧嚣地汲取我无奈的诉说。

点缀着喜悦的面色，

垂挂满渴求给予的枷锁，

却汹涌地流出我沸腾的浓墨。

是这样没有叶的花骨朵，

只有根只有茎的花骨朵，

等待可以绽放的那天到来，

去痴痴地望着天空，

痴痴地自我消融，

回想刚睁眼时见过的第一片云朵。

聆听硬键

羊

绿色的风的子嗣，

云朵分散的舞姿，

肩披河岸零星的白芷，

头顶山林丛生的木枝。

比晨光掠夺得更迅速，

那是铺盖住原野的丝布，

蔓延着静谧的和风，

迁徙往歌声中华宇的尽处。

席卷成笼罩尘世的蜃景，

令放牧带着像是从天堂而来的恬静，

追逐光辉里落下的幻影，

隐约传来让人心旷神怡的低鸣。

吃着草，

直到彻底化为草，

白昼和絮语

没有一束花，

没有一簇嫩芽，

羊的脑袋总是知道，

知道自己终究要逃跑。

它们吼叫又吼叫，

扯下彼此的羊毛，

覆盖住成群的狼的眼眸，

以此代替愤怒放声长啸。

便不再做羊，

不再拼命啃食那些欲望，

怀着宁愿饿死的倔强，

用血液将绿的皮肤洗得白亮。

就终日而思，终日而歌，

变得比野兔更天真，比野马更优渥，

羊是人们故意选出的诗人，

永远都存活于追求自由的路上。

风铃很早响起，

风铃很晚停息，

目送羊群远去的背影，

延续大地孕育的絮语，

牧羊的是骤雨，

奉命喂养的神明，

守卫召令的光阴，

已被羊群齐心抛弃，

成了海底的珍珠与梦中的华屋。

白昼和絮语

不可放歌

刨开土壤，

捻起不是棕色的颗粒，

掂一掂分量，

它被埋过了，

曾经像如今一样沉默着。

大云朵的迁徙，

白色的咒语在肆意飞行，

为天空添一道波浪，

一道没影子的波浪，

一道从生命嘴里吐出的波浪。

手不受控地挥动，

虚掷出灵魂孤独的疼痛，

要寻觅，要变得沉重，

已不是那凝视云中月的豆蔻，

只能认真接受水中石的简陋。

聆
听
缓
建

效仿鱼的身姿，

摘除停滞且疲惫的寂静，

两朵茉莉，两种年龄，

正犹豫在琐碎的世界里，

纠结应不应该飞翔，去看别样的风景。

可惜我的命运承受着引力，

有时将我放开，

有时将我粗鲁地拽紧，

这是令我费解的揶揄，

代表我坚定地向前远行。

闪光和不闪光的明星，

在白天都一个样子，

隔着如此透明的窗，

它们打量我，

我更是奋力地观察它们的形状。

现在是时候迁徙了，

血液会渺小到可以漂浮，

头发会乌黑到可以消隐。

我和所有人一样，

都加入了这浩大的欢庆，

只是粗心大意，

遗忘了一些忐忑，

便不能再热切地放歌。

聆听硬螺

水草

泡沫让水草如鱼，

湛蓝令水草如鱼，

汹涌地裹挟，飞快地远去，

追问其随波逐流的志趣。

根在海底，

在一块永不改变的土地，

安然地静止，

不催促往事同岁月隔离。

水变得绿，

绿色的世界则成了水，

当然也向往做一条鱼，

只是鱼不曾渴求草的追随。

它在渺小中婆娑着，

它在摇摆中婆娑着，

它的热爱是婆娑的热爱，

它的自由是婆娑的自由。

巨浪和巨浪头顶的苍穹，

夺取它的根又在无根的生活中漫游。

当然它从未死过，

因为时间是独属于每一个生命的欢乐。

干瘪是触目惊心的，

海洋塑造着干瘪，

水草的骨头呀，

已经早早彻底变白且柔弱。

一般和不一般的蜉蝣，

是寂寞光阴里的挚友，

拂拭去海神脸上的泪珠，

做打理蓝色心灵的琼梳。

身上是波纹，

总疲惫，柔软又天真，

眼中是幽深，

常向往，退却又冗沉。

哦，我的憧憬，

发出纯粹厚重的声音。

回荡催促现实的空灵，

从鄙陋的面孔存留。

不畏惧飞燕带来的锦绣，

时间太过于悠久，

已满足归属世间的血肉。

它没有坟墓，

相信吧，它没有坟墓，

我的全部均已被掏空，

只有我的，我的事物才可以填充。

白昼和絮语

白炽灯

照亮了我，
烤焦了我，
让我变成飞蛾，
让我成为夜色。

脸惨白着，
我比这灯要冰冷，
支撑这冰冷的是火热，
保持这惨白的是艰涩。

探求它发光的饥渴，
我将眼珠在白里变黑，
伸出手去摆弄，
它将光芒在肉上成歌。

它在拯救我，
我同样珍惜这机遇，

它在拯救我，

没有沉默会被打破，

它在拯救我，

像剜出我的心一般，

它剜出了我的灵魂，

然后是激动的时刻，

它，究竟拯救了什么？

期待会发光，

夜实在太黑，太不懂风霜，

找一群灰色的友伴，

他们跌倒时抛出了我的信鸽。

现在是躺倒的，

未来是快速往复的旅客，

从不曾凝视我的波折，

仅仅帮我铺平结冰的溪河。

浮想到这些，

联想到这些，

白昼和絮语

最后只有白炽灯，

一个更白的世界的梦。

我希冀可以拯救它，

教它去黑的地方白着，

我希冀可以拯救它，

教它如人一般有情思的幻觉，

我会被一滴水，一棵树，

一群低头的牛，

一粒石子，一只风筝，

一声山谷中的雀鸣，

所湮灭掉。

但它一定不会如此，

毕竟它并不东升西落，

它的迫切，它的忧心，

于我常是平淡如水，

我已僵硬地死亡，

那拯救的痛苦与被拯救的痛苦，

都成为让这白炽灯闪烁的光与电。

致天上云

尘世里晓得的事情，

在那里还会不会令我烦心？

树的生长，鸟的飞翔，

看那多么美丽的景色，

云朵呀，我不属于这里。

夕阳浇灭的激情，

能不能再游荡于人的心？

絮状的舞动的雨水，

洗净了太阳冷漠低垂的眼睛，

飘金的云呀，我不属于这里。

黑夜扫去绽放的身影，

要不要添上灰淡的白皙？

由衷欢乐且歌唱的树枝，

拂去月光躁动跳跃的足迹，

沉默的云呀，我不属于这里。

清晨颂唱着风的和煦，

该不该受黄鹂遮蔽？

不断被吹得旋转的枫叶，

为大地涂抹来自面容的绯红，

丧失颜色的天上云呀，我不属于这里。

遵循繁星轨迹的羊群，

齐声颂唱谱写给皮毛的乐曲，

它们揪住幸福的衣领，

在来自幸福的咒骂中承受寂静，

毅然西行而去的云呀，我不属于这里。

你那融化了天空的衣裳，

塑造着我的耳朵，

塑造着我的瞳孔，

使我醉心于你短暂的呼吸，

效仿纸鸢去拖拽人生的旅行。

什么也不懂的云呀，我不属于这里。

你是天上的宫殿，

搜罗尽一切的絮语。

我在梦里也深深眷恋，

在如此亲密的头顶等候我的泪滴。

自由的云朵呀，我是真的，真的不属于这里。

遗忘

现在实在不记得了，

不懂雨的愁闷的是一片叶子，

接纳心和记忆的地方在这里，

明白梦与寻觅的地方在那里。

已经努力地忘了，

已经彻底地告别了，

水中的月亮冲着我笑，

想让我轻声呼唤它。

荷塘的莲花向着我招手，

想让我深情呼唤它。

溪边的柳树靠着我入眠，

想让我真诚呼唤它。

这个世界更是纯粹地成了野兽，

在我面前张大了嘴巴，

淹没尽所有我喊出的声音。

我生活的支柱，

就待在如此的一个坑里。

没有什么生根发芽的童话，

一半的脑子，

为了秋风吹去的尘土，

正坚定不移地忘掉了这些。

没有什么拍击沙滩的大海，

另一半脑子，

为了蜗牛攀爬的枝干，

正无奈地忘掉了这些。

在生命塑造的故事里，

在自由充斥的时代中，

我活着，

因为我并不比泰山重多少，

也没办法去比那鸿毛更轻。

白昼和絮语

狗

漆黑的道路上，

潮湿是最神秘的咒语，

悄悄地覆盖理想的灯塔，

这条狗便成为真正的谜题。

蹑手蹑脚，

低下头嗅着，

它昏昏沉沉地号叫，

害怕地对夜空不停撕咬。

它啃食道路与砾石流出的血，

凝固在冰冷的空气中。

鼻子是红红的鼻子，

毛是黑黑的毛。

从狗群中沉默地经过，

它知道蔚蓝是一种白云的蜜。

人们穿得更加黑，

扶着眼镜以古怪的眼神观瞧，

以为它来自不存在的故事，

没有世间最朴素且温热的情思。

冬天是爱雪的孩了，

夏天是爱雨的孩子，

这狗淋着这些天上来的事物，

于是连土也明白它是等着被爱。

狂吠着，它努力狂吠，

它的困惑比它更加疲惫，

如小巷里的卖花姑娘，

手中浸透了远山的清香。

露宿街头不适合它，

它忍受不了闹市，

晕染一丝墨色，

呼吸一片薄雾。

白昼和絮语

它这样的动物，

一辈子守护一扇门，

看见了钻石是阳光的造物，

看见了金子是幸福的作品。

自顾自地吹落下的叶，

自顾自地摇晃尾巴，

常是泪水婆娑，

在离梦很远很远的地方摸索。

因此吹过它的风，

总是耐心又仁慈，

把它如一条狗来对待，

把它那作为一条狗的愿望来满足。

装扮

大地用树叶来装扮，

天空用羽毛来装扮，

装扮成中秋月里的灯笼，

装扮成艳阳日中的风筝。

这样做一株歌声委婉的花，

吐露出不可彻底表露的挣扎。

向往着从这装扮中挣脱，

只用一种皮囊去世上穿梭，

遗忘装扮带来的心灵的混浊，

远离装扮带来的盲目的灾祸，

完美地证明那来自人群的烟火，

会在自然的恍惚中四处充斥并淹没。

树叶在为春雨添彩后，

它成了会放歌的夜莺，

丝巾在为寒风招摇后，

它成了爱感伤的泪珠，

它们都如此拥有许多名字，

去装扮好的日子里，

表述出它们不懂的情思。

使狼像羔羊，

使蚂蚁像老虎，

没有动物再急于吃东西，

只剩下咀嚼一遍又一遍的心。

时间的装扮是钟表，

太阳的装扮是星光。

浩瀚且缥缈的空间中，

我们都早已把自己放到宇宙之外，

情愿如萤草嗤笑着和风，

酿造一股股来自真实的甜蜜的苦痛。

现在有斑斓的皮囊，

覆盖了生活那平凡的衣装。

追求铺满雪的天国，

就抛弃可以呼吸的所有，

只裸露一点点骨头，

一点点归属灵魂那放纵的歌喉。

把妆容褪去吧，

皮里裹着皮，肉里包着肉，

已经令苦难都在雨的欢声中悲愁，

那些拼命想长出翅膀的理由，

奋力要摘取禁果的怒吼，

是应当告别这些令眼眸腐朽的感受。

白昼和絮语

捡月亮

是时候去捡月亮了。

快点吧，

我们要在鸟儿之前，

要在一群群绵羊之前，

把那白色，闪着灿灿白光的银片，

装进等候纯洁与幸福的兜里面。

是时候去捡月亮了。

快点吧，

我们要跟随松鼠，

倾听晚风来引导路途，

找那透明，穿过层层云雾的朴素，

披在打磨苦难与向往的肩膀处。

是时候去捡月亮了。

细心点，

我们要刨开土下的砾石，

抛撒寂静中忍耐的日子，

凝固水波反射而出的痕迹，

留给将来因遗忘美好而令人悲伤的故事。

是时候去捡月亮了。

细心点，

我们要学习蟋蟀的歌声，

呼吸沉默中繁杂的幻梦，

奏响苍穹默然恬适的清澄，

沐浴那些月亮盈缺交替忽隐忽现的真诚。

是时候去捡月亮了。

放纵地欢乐吧，

拾起月亮的裙摆，

亲吻月亮的脸蛋，

它离我们曾是那样遥远，

现在却令夜晚丧失了精神的困倦。

是时候去捡月亮了。

安静地拥抱吧，

月亮不会是我们的果实，

不会在雨季中被淋湿，

我们只能悄悄捡它，

捡起这不属于白天的苦涩事物。

聆听瞬捷

一个雨夜的低语

雨将花亲切地打湿，

而花眷恋的是阴影里的叶子，

巷角传来狗吠，街上充斥步履，

都深知没有一颗心容易被生活满足。

惜春，惜春，哪有雨夜不爱春，

尽管雨夜的激情仍旧扰扰纷纷，

目睹寒风吹灭那情思，

祈祷下一个惊蛰唤回温暖的日子。

对于火，对于光，

雨夜是那些事物的橱窗，

看得到的星都化作铃铛，

无法清晰的梦便寂寥且充满幻想。

沉默的晚阳在这雨夜，

稀疏的月光在这雨夜，

滴滴答答，滴滴答答，

映衬出并不连贯的故事，

只剩下连绵不绝，

这种永恒都只可叹息的决绝，

你听，这才是雨夜，

教导人们去放牧，去驱赶自己心里的恳切。

理解了梧桐，

理解了百日红，

潮湿在将它们变得更笼统，

如此归属那雨声虔诚的吟诵声。

美丽吧，和杜鹃一样，

去殷勤地衔来世界的倔强，

冷漠吧，与雪莲一样，

到高山都俯下身来的地方。

不落雨珠是残忍的，

便欣然仰起脸来迎接它，

感觉到，它是一束花，

是被夜裹挟着去分发遗落的晚霞。

雨覆盖了草的家，

雨装点了太阳的靴子，

雨敲响了丁香的木门，

雨晕染了激情的胭脂色。

给那个人冰冷，

给这个人一颗完整的心，

要留下的则更多，

更能宣扬出雨纯粹的火热。

雨的呼唤中，

夹杂着夜的细语，夜的絮语，

夜的窸窸窣窣的情趣，

夜的为了遗忘昨日而蚕食意志的思绪。

一切的梦都找着夜，

向夜去倾诉，被夜去束缚，

在那虽然很黑却温暖的时刻，

在那尽管已经无声却浪漫至极的时刻。

白昼和絮语

夜里，光都是水晶的模样，

夜里，风都是舞裙的模样，

失明的人们如此认出了它，

认出了这创造白色的空旷。

聆听硬键

夜呀，

是最爱飞翔的神明，

夜啊，

是彻底粉碎的阴影。

它呼唤一群群蝙蝠，

如同无数砸向月球的陨石，

往我们的生活袭来，

传播那些印证岁月流转的色彩。

许多恒星也有仰望的习惯，

它们爱听这里的低语，

许多尘埃也有俯视的习惯，

它们爱听这里的低语。

温柔是这里潮湿存在的原因，

善意是这里喋喋不休的目的，

每个甘愿淋到雨的，

这里都记录了它们呼之欲出的奥秘。

低着头我们一起倾听，

低着头猫与狗一起倾听，

别再急着在雨中睡去，

一起来传扬这夜的言语。

天将要亮了，

一句为甜蜜而苦涩的箴言。

天已经亮了，

一句比寂静更寂静的预言。

夜终于闭上了嘴巴，

吐出来些许白色的牙齿。

人们从这个过程中学得了梦，

皮肤从这个过程中包裹了声，

一切夜低语中的事物都停止了，

只有踽踽独行于眼中的雨还在下着。

白昼和絮语

185

浮萍

清澈是我的面孔，
朗诵着我见过的绯红，
不便用嘴巴去将耳朵变聋，
便只漂来漂往没有一丝厚重。

那些抬着青山走远的人，
与我难成生命中的知己，
他们不懂我背着自己的天使，
不知道我想飞翔就要依托远方的翅膀。

对于荷花，
我有自己更自由的生活，
对于莲花，
我有自己更污浊的淤沙。

在这池塘里，
总亲切地对待水波，

蓬草是最真实的挚友，

青蛙早作消逝的神明。

如那一只老鹰，一只白兔，

一头驴和一头牛，

只看事物归属幸福的一面，

忽视出于疯狂来塑造未来的念头。

没有根，

可在这里或那里扎根，

追随美梦的席卷，

等候被柔雨与细柳垂怜。

不奢求一片帷幕，

没有遮住身体的冲动，

倾心吻在绿色的光上，

瞻仰那映衬金黄的银杏树。

荷叶为了生长而被束缚，

莲藕追求淤泥而被束缚，

它们已坠落且摔碎了自由，

白昼和絮语

遗忘了对美的追求。

浮萍是如此的另类，

它的自由是一种无谓，

突破嘈杂的包围，

对艳丽坦诚地陶醉，

做着不结果的花，

做着不开花的芽，

将旅程扔给蹦跳的青蛙，

代表蝌蚪讲述苦难的踩踏，

它看着绿，之后把绿忘个干净，

这样日子里便没了高贵，那如此不堪的事情。

聆听硬禄

鸟鸣

听，第一声鸟鸣响起了！

嘹亮着，嘹亮着黎明，

平凡的空澈的声音，

使一切的光失去了眼睛。

平静着，平静着顺水香馨了晨间的风，

啊，第二声鸟鸣也响起了！

那不平凡的花朵登上了舞台，

飞舞啊，那也是一种艺术的神伤，

飘去无尽的远方，把虚无当作伙伴，

吹起眉角的白色余晖。

你我之间有了秘密，也有了晨间的香气。

泪光落地，第三声鸟鸣响起了！

俏皮的叶子落在了地上，

躺下，躺在叶子的肩上，

张开嘴咀嚼迷茫。

无尽的晨雨打湿你我的胸膛，

打湿你我的目光，

白昼和絮语

189

如此射向了太阳。

又躺下，躺进了那不变的馨香，

哦，终于没了第四声鸟鸣！

今天我们从平凡中走向了独特，

嗅一下大地吧，

愿一切无常，一切无常……